L'ESSAY
DES FILLES.

NOUVELLE COMEDIE
EN TROIS ACTES.

QUI DEVOIT ESTRE joüée sur le Theatre de l'Hôtel de Bourgogne lors de la reformation des Comediens Italiens.

... LOGNE,

... E MARTEAU.

... XCIX.

PERSONNAGES.

LE DOCTEUR.

SPINETTE fille du Docteur.

ARLEQUIN valet du Docteur.

COLOMBIN cousine de Spinette.

LEANDRE Notaire.

POLICHINEL.

PIERROT fils de Polichinel, premier Amant de Spinette.

OCTAVE, Gascon, second Amant de Spinette.

PASCARIEL Capitaine de Dragons troisiéme Amant de Spinette.

MEZETIN Dragon & valet de Pascariel quatriéme Amant de Spinette.

Dans les Scenes du feu immortel il y a de l'augmentation.

ARLEQUIN gardien du feu immortel.

SCARAMOUCHE.

COLOMBINE fille de Scaramouche.

MARINETTE fille d'un Procureur.

OLARIA vieille fille Marchande.

SPINETTE paysane.

ACTE I.

SCENE PREMIERE.

LE DOCTEUR, POLICHINELLE,

Le Theatre represente un Village, &
des Bois.

LE DOCTEUR seul.

H la maudite chose que des Filles.
POLICHINELLE *caché derriere*
un Arbre.
Pour cela on n'en devroit jamais faire.
LE DOCTEUR.
Vive les Garçons ils se poussent d'eux même,
ma Fille à quatorze ans vouloit se marier.
POLICHINELLE.
Pargoüé il y a bian dequoy s'étonner, il y a
deux ans tous brandis qu'elle devroit l'être!
helas la pauvre Fille s'est autant de pardu
pour elle.
LE DOCTEUR.
Il faut que quelque Godeleureau lui sisle
aux oreilles.

POLICHINELLE.

Se feroit ma foy en vain, car elle en ſçait aſſez.

LE DOCTEUR.

Si je le connoiſſois, il n'auroit qu'à ſe bien tenir.

POLICHINELLE.

Qu'eſt-ce qu'il lui feroit ? la moüe, que n'enferme-t-il ſa Poule quand les Coqs ſont lachés.

LE DOCTEUR.

Cependant tout franc je voudrois bien en eſtre debarraſſé.

POLICHINELLE.

Il y en-à bien d'autres qui le ſont de pareil-le marchandiſe, j'enrage que mon Fils en ſoit amoureux, il eſt dèja aſſés ſot ſans l'être encor par elle : mais je vois ſon Valet qui accourt, retirons nous.

SCENE II.

LE DOCTEUR, ET ARLEQUIN.

Arlequin accourant donne de son ventre dans celui du Docteur & demeure ésouflé.

LE DOCTEUR.

LA peste soit du butort il n'a tenu à rien qu'il n'ait passé au travers de mon corps.

ARLEQUIN.

Que ne vous rangés vous aussi du chemin, si j'avois été charrette j'aurois passé par dessus vous & ç'auroit été vôtre faute.

LE DOCTEUR.

Et où allois-tu si vîte?

ARLEQUIN.

Je vous cherche mon Maître.

LE DOCTEUR.

Et bien que me veux-tu?

ARLEQUIN.

Vrayement il est bien arrivé des choses chez vous.

LE DOCTEUR.

Quoy ma femme seroit-elle morte?

ARLEQUIN.

Elle se porte mieux que vous, & pretend vous faire crever le premier.

A iij

LE DOCTEUR.

Ma Fille peut-être?

ARLEQUIN.

Bon elle en a bien envie, je l'ay trouvée en venant qui joüoit à coiin maillart à telles enseignes qu'elle s'est laissé prendre.

LE DOCTEUR.

Mes Chevaux, ma Charrette?

ARLEQUIN.

Non vous n'y estes pas.

LE DOCTEUR,

Le feu est il à ma Maison?

ARLEQUIN.

Je vous dis que non.

LE DOCTEUR.

Mor-diable veux-tu parler.

ARLEQUIN.

Vous le sçavés?

LE DOCTEUR.

Non.

ARLEQUIN.

Vous vous en doutés donc!

LE DOCTEUR.

Point du tout.

ARLEQUIN.

Personne ne vous en a parlé?

LE DOCTEUR.

Je te dis que non.

ARLEQUIN.

Jurés en.

LE DOCTEUR.

Mais ce coquin, veux-tu parler de par tous les Diables, bourreau que tu es,

ARLEQUIN.

Vous le voulés donc sçavoir?

LE DOCTEUR.

Veux-tu finir & me dire.

ARLEQUIN.

Vôtre Vache a fait un Veau gros comme vous, pour l'amitié qu'elle vous porte elle vous a demandé plus de cent fois & ne vouloit pas véler sans vous.

LE DOCTEUR.

Diable soit de l'innocent, je croyois que c'étoit quelque grand malheur.

ARLEQUIN.

Ne feroit ce pas un affés grand malheur de perdre une bête d'une auffi bonne amitié qu'elle, allés vous ne lui rendés pas le reciproque.

LE DOCTEUR.

Je suis icy à rever à une affaire, de bien plus de confequence.

ARLEQUIN.

Demandés-m'en mon avis, car je peus dire que pour un Païfan j'ay un tantinet d'efprit.

LE DOCTEUR.

Ma Fille qui veut fe marier.

ARLEQUIN.

Pargoüé il y a bien dequoy faire l'ébaubi.

LE DOCTEUR.

Je voudrois bien en être debarraffé

ARLEQUIN.

Ecoutés nôtre Maître, nous fommes dans un tems où les Filles fe fentent de bonne heure; c'eft une marchandife qui n'eft pas de garde, il faut s'en deffaire dans fa primeure;

A iiij

on attend icy des Officiers qui ne font pas
fcrupuleux , ces Meffieurs-là fçavent empau-
mer l'efprit d'une Fille , & menent fon honneur fi fort au galop qu'en moins de rien
on le pert de vuë.

LE DOCTEUR.

Polichinelle me la demande pour fon
grand beneft de Fils , il eft fi fot, cependant
il a du bien.

ARLEQUIN.

Il a du bien , hà nôtre Maître le bon
titre de Nobleffe & l'excellent merite , &
vous dites qu'il eft fot , apprenés que qui-
conque a de l'argent a de l'efprit plus ique
tous les gueux enfemble , tenés voilà vôtre
homme faite affaire.

SCENE III.

POLICHINELLE , LE DOCTEUR, ET LEANDRE.

POLICHINELLE.

AH ! honneur Monfieur , ferons nous al-
liance enfemble.

LE DOCTEUR.

Dés aujourd'huy fi vous voulés nous paf-
ferons Contráct de Mariage , à quoy fert
tant barguigné.

POLICHINELLE

Je le veux bien , voilà le Notaire , mais il me paroît bien foul.

LEANDRE.

Parbleu je me porte bien pas trop, car je ne fçaurois me foûtenir , Alexandre eft un grand ignorant de dire que le vin donne force , comme ces Medecins qui difent que pour foûtenir le corps pendant un jour il fuffit d un demi feptier de vin , j'en ay bu plus de douze & fi je ne peux changer de place fans chanceler ! ah le bourreau de vin! ah où allés vous tous quatre

LE DOCTEUR.

Nous ne fommes que deux.

LEANDRE.

Parbleu vous êtes pourtant quatre ou mes yeux voyent double (*il les conte*) que diable , c'eft quafi comme un certain jour que je voyois deux Lunes , & tout le monde fe donnoit au Diable qu'il n'y en avoit qu'une: mais n'avés vous point mis les deux autres dans vôtre poche , qu'importe voilà une Chanfon.

CHANSON.

Quand le fort me chagrine,
Je bois tout mon fou,
Je jouë avec Catherine,
Et fais avec elle le fou.

Le chagrin, l'inquietude,
N'ont avec moy point d'habitude,
Mes amis pour vivre contens,
Il faut paffer ainfi le tems.

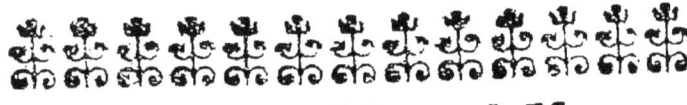

LE DOCTEUR.

Monsieur le Notaire laissés-là vôtre Chanson, & faite un Contract de Mariage, pendant que vous barbouillerés vôtre papier je vais querir les parties les plus interessées.

LEANDRE.

Qui est-ce qui se marie bon homme.

LE DOCTEUR.

Monsieur vous le dira.

LEANDRE.

Vôtre Nom.

POLICHINELLE.

Jean.

LEANDRE.

Vous estes bien heureux de vous appeller Jean, vous ne changerés pas de Nom; & celui de la Future.

POLICHINELLE.

SPINETTE.

Le Notaire écrit deux lignes, &
s'endort dessus une Table.

SCENE IV.

LE DOCTEUR, POLICHINELLE, SPINETTE, PIERROT, ARLEQUIN.

LE DOCTEUR.

TU as envie de te marier.

SPINETTE.

Ouï mon Pere.

LE DOCTEUR.

En te satisfaisant prend garde que pour une fille à ton âge la charge d'un maris est bien pesante.

SPINETTE.

Ne vous embarrassés pas mon Pere, je la soutiendray bien.

LE DOCTEUR.

Helas avancés donc, j'enrage d'avoir un Gendre si innocent.

PIERROT.

Eh bien me voilà, & pis bon jour Spinette, pargué vous n'étois il y a quelque tems qu'une petite rave, presentement vous ête un gros potiron, dame tu ris, est-ce que tu te moques de moy, si je n'ay pas l'art de bien dire, je pense beaucoup,

SPINETTE.

Quand on est bien aise pourquoy ne pas rire.

PIERROT.

C'est que tu-és bien aise que je t'aime.

SPINETTE.

Je n'en suis pas fâchée, puisque cela est cause que je seray mariée.

PIERROT.

M'aime-tu bien.

SPINETTE.

Ouï

PIERROT.

Tu n'aimes que moy.

SPINETTE.

Non.

PIERROT.

Tu ne fera pas méchante.

SPINETTE.

Non non.

PIERROT.

Et bonne menagere.

SPINETTE.

Tu feras content.

PIERROT.

Oh voila tout ce que je demande; au moins
si quelque Gallivarniaux vient te chiffonner
casse moy luy le nés avec ton sabot.

SPINETTE.

On n'a qu'à s'y venir frotter.

PIERROT.

Baise moy.

SPINETTE.

Mais que je serons mariés.

PIERROT,

He bien donne-moy ça davance.

ARLEQUIN.

CHANSON.

Enfin Colas va espouser Parrette,
Dés aujourd'huy la nopce sera faite,
Par les Ecus la fortune luy rit,
Car qui a de l'argent ne manque pas d'es-
prit.

Ioüissés du plaisir que la nopce vous prepare,
Aprés, ma foy il est bien rare,
Tout au plus deux beaux jours,
Etouffent les plus grands amours.

SCENE

SCENE V.

LE DOCTEUR POLICHINELLE, SPINETTE, ARLEQUIN, LEANDRE, OCTAVE, & PIERROT.

LEANDRE *se reveillant.*

A Ca voulez-vous entendre, fut presente Damoiselle Spinette.

OCTAVE.

Tout beau Notaire de village, qui est le Pere de cette Fille?

LE DOCTEUR.

C'est moy.

OCTAVE.

Eh bien j'en suis amoureux, cela t'estonne bon homme.

ARLEQUIN.

Morguïé Monsieur ne venés point troubler la feste de nôtre village, elle est promise à Pierrot, & il l'épousera,

OCTAVE.

Par bleu ce faquin est plaisant, scais tu qui je suis?

ARLEQUIN.

Est ce pour l'amour que vous avés une

B

brette au côté que vous faite le Monsieur,
vartigué je ne nous estonnons pas de si peu,
allons Monsieur le Notaire escrivés , & c'est
à moy à qui vous aurés affaire.

OCTAVE.

Scais-tu maraut que si des antres affreux
de ma colere j'en fais sortir un tourbillon de
feu, je te livre en poudre, & le joüet des
vents, que de cét pas je vais souffler ton ame,
de ton corps comme une chandelle, que je
n'ay qu'à prononcer ta mort pour te mettre
dans le neant, que je tiens sous mes pieds
l'intrepidité , & ne reçois de loy que de
moy-méme , ce qu'on vante des Alexandres,
des Cesars, des Antoines, & des Pompées, n'est
qu'un diminutif de ma force, & de ma valeur
si l'ambition secondoit ce que je peus faire, je
me ferois en 4. heures un empire de toute
la terre. Si je ne craignois de fletrir la gloire
de mes Ancestres, en mettant la main sur toy
je te petrirois , & te reduirois en atomes;
ainsi croy moy ne cherche point à finir tes
jours par une mort insigne , ta temerité est
genereuse, je te la pardonne.

LE DOCTEUR.

Pargué Monsieur pourquoy voulés vous
espouser ma fille malgré moy, & malgré elle,
ce n'est pas comme cela qu'on espouse le
monde en ce païs-cy.

OCTAVE.

Je la connois il y a quinze jours, que jet-
tant par hazard un regard sur elle, elle fut
sensible à l'aspect de ma personne je m'en
apperceu, & j'en fus touché.

LE DOCTEUR.

Connoissés vous, Monsieur l'aimés-vous?

SPINETTE.

Il m'a dit qu'il me feroit Madame.

OCTAVE.

Cela ne luy sçauroit manquer.

SPINETTE.

Qu'il m'aimoit bien que je serois sa femme.

LE DOCTEUR.

Comment petite effrontée vous faite des amourettes sans me le dire, voila un Contract de mariage avec Pierrot, que veux-tu que je fasse, son Pere me va demander de gros domm-mages & interêts.

OCTAVE.

Je vous en dedomageray.

PIERROT.

Pargué je vous en baille quittance aussi-bien n'en voulois-je plus, aga la dever-gondée,

LEANDRE.

A vostre air degagé Monsieur on voit que vous savés dancer.

OCTAVE.

Comment diable dancer, quand je fais une cabriole je m'ennuies en l'air.

SCENE VI.

MEZETIN, OCTAVE, SPINETTE, & ARLEQUIN.

MEZETIN.

REjoüissés-vous filles à marier voila un Regiment de Dragons, qui vient pour vous espouser ah ! bon jour Spinette est-tu mariée?

SPINETTE.

Non, mais je la seray bien-tôt.

MEZETIN.

Au moins je retiens le droit du Seigneur pour mon Maître il m'a envoyé devant pour t'asseurer de ses bonnes graces ; mais comment appellés-vous ce Monsieur-là ah ! c'est Monsieur Octave autrement dit la ramée.

OCTAVE.

A Monsieur Mezetin sauvés-moy la vie, je n'ay quitté la compagnie que pour espouser la fille que vous voyés, & de l'argent de son mariage en acheter mon congé.

MEZETIN.

A qui diable te joüois-tu là , tous les hyvers elle est la maîtresse de mon Maître,

mais toutes peines valent salaires, il n'est pas
juste que je te sauve la vie gratis , & que je
risque que nôtre Capitaine le sçachant ne me
fasse porter plus de coups de bâtons que l'a-
rithimetique n'en sauroit nombrer, vous sça-
vez comme moy que ceux qu'il donne sont
bien conditionés.

ARLEQUIN.
Pargué Mezetin a bien fait de venir , il al-
loit tous nous petrir comme de la patte , &
nous reduire en poudre.

SPINETTE.
Comment sauver la vie , c'est Monsieur que
je dois espouser.

MEZETIN.
Tu aurois fait là une belle fortune, il doit
seulement être pendu dans 15. jours, il s'est
engagé à mon Maître, il a deserté, voy s'il en
faut davantage, joint à cela quelque vol, assas-
sin, & autre petite bagatelle pareille : au sur-
plus il est honneste homme.

OCTAVE.
Tiens Mezetin voila 20. loüis d'or que je
te donne, & ma Maitresse que je te laisse.

ARLEQUIN.
Pargué Spinette tu avois fait là une belle
trouvaille.

SPINETTE.
A je suis trop malheureuse je ne feray jamais mariée.

ARLEQUIN.
Il est arrivé depuis quelques jours un homme qui a du feu, qu'il nomme immortelle
qui ne peut être gardé que par des pucelles,

si tu l'est va t'y en, côme les filles de ce cara-
ctere sont rares , & que la plufpart des hommes ont l'entestement d'en vouloir, tu n'y au-
ras pas esté deux jours qu'au lieu d'un Amant
tu en trouveras cinquante.

SPINETTE.

Il n'est rien que je ne fasse pour être mariée.

MEZETIN.

Ma foy je croy qu'il sera obligé de s'en re-
tourner à Athenes : un jour en Flandre , n'a-
yant point d'argent, je publiay dans la Ville,
que j'estois le Concierge de l'Oracle d'Ap-
pollon, qui étoit autrefois à Delphes ; mais
dans ce païs là comme dans d'autres qui a de
l'argent s'embarrasse peu de l'avenir, les
Oracles ont beau fulminer contr'eux, c'est un
rempart contre les adversités de la vie, ou-
tre que chacun se fait une prophetie en sa faveur, le lacquais croit qu'aprés avoir couru
le flambeau, il se reposera dans le Carrosse
de son Maître ; le Marchand conte sur un
gros gain pour acheter une charge qui l'an-
noblisse ; le Financier attend l'hermine pour
depayser sa naissance ; l'Officier croit voir
un jour de degré en degré en sa main un bâton de Maréchal ; la Grisette establit sa fortune sur la passion d'un grand Seigneur ; les
Dames quoy qu'heureuses esperent un meilleur sort, on n'est plus si benest qu'Agée Pere
de Thesée qui fut autrefois à Delphes pour
sçavoir combien il auroit d'enfans, depuis que
les femmes en ont pris le soin les maisons en
sont suffisament garnies , & il s'en trouve
quelquefois tant qu'on est obligé d'en enfer-
mer une partie.

ARLEQUIN.

Allons-y; fi tu eſt un attrapeur, le feu dont je te parle ne l'eſt pas, il en dévora dernierement une dont la vertu ne commençoit qu'à clocher.

MEZETIN.

Voyons fi cela eſt, c'eſt une choſe curieuſe, & il y a bien des filles qui ne s'y doivent pas frotter.

ARLEQUIN.

C'eſt un remede infaillible pour n'eſtre pas antidatté cocu.

MEZETIN, chante.

i

Le vigneron qui plante la vigne,
Croit le premier goûter de fon rezin,
Mais le Berger qui en ce cas rafine,
Demande la vandange, & trompe fon voiſin.

Vous qui croyés épouſer des lucreſſes,
Comme le vigneron, vous pouvés vous
tremper,
Un Amant avant vous a ſurpris par adreſſe,
L'agreable fleuron qu'on vous devoit livrer.

SCENE. VII.

Le Theatre represente une Sale au milieu de laquelle il paroît un feu qui s'éxhale & augmente.

ARLEQUIN Gardien du feu.
SCARAMOUCHE, COLOMBINE.

ARLEQUIN.

AU feu, au feu, le feu immortel và nous rendre tous mortels, ne trouvera-t-on pas icy seulement une vestale pour en arrêter l'impetuosité.

SCARAMOUCHE.

Vîte à l'Eau.

ARLEQUIN.

Diable soit de l'homme, ce n'est pas du feu qui fait bouillir vos marmittes, c'est un feu immortel qui doit être gardé par des Pucelles il y a 2390. ans que je le conserve, il me fut donné à Rome aprés la mort du Roy Pompily.

SCARAMOUCHE.

En ce cas ne-vous allarmés pas, j'ay une Fille qui l'éteindra.

ARLEQUIN.

Prenés-y garde pour peu que son honneur
ne soit pas de poids & que le cristal en soit
felé il la devorera.

COLOMBINE.

Mon Pere une méprise est bien tôt faite &
quand je seray brulée il ne sera plus tems de
m'expliquer.

SCARAMOUCHE.

Voilà Monsieur , expliqués vous

ARLEQUIN.

Cà la Belle faites passer en reveuë toutes
vos fredaines les unes aprés les autres comme
des Moutons dans une barriere.

COLOMBINE.

Le feu me brûlera-il pour avoir parlé à des
hommes dans des compagnies.

ARLEQUIN.

Ah que nanny, il n'est pas si ridicule.

COLOMBINE.

Les visites d'un Abbé sont elles brulatives.

ARLEQUIN.

Les visites d'un Abbé sont sujettes à expli-
cation, n'a-t-il pas quelquefois campé dans la
plaine de vos faveurs , car ces Messieurs-là
ne se contentent pas d'estre pourvû d'un
Benefice, il veulent en jouïr n'y à t-il que
cela.

COLOMBINE.

Un Officier folâtre vient tous les matins
chiffonner ma toilette.

ARLEQUIN.

Ouf, en voilà déja assez pour vous faire
griller.

COLOMBINE.

Il faut donc bien peu de chofe, vrayement je n'ay garde de dire le refte

ARLEQUIN.

Il n'eft pas difficile de le diviner, croyés-moy retirés-vous, le feu immortel n'auroit qu'à vous entendre parler, il ne refteroit de vous qu'une fumée qui m'incommoderoit, & tout l'onguent à la brûlure des Apoticaires de Paris & la Riviere de Seine ne feroit pas fuffifante d'empêcher vôtre confommation.

SCENE VIII.

OLARIA, ARLEQUIN.

ARLEQUIN,

EN voilà d'une autre impreffion, il femble que fe foit une fquelette du Jardin du Roy, & qu'eftes vous.

OLARIA.

Je fuis Fille Monfieur !

ARLEQUIN,

Qu'efte-vous venu faire icy ?

OLARIA.

Comme veftale j'y viens garder le feu immortel ?

ARLEQUIN.

Allés garder la Riviere du Pont Neuf ou
la Samaritaine, qui diable auroit voulu vous
en conter, il faut des Vestales de merite &
non malgré elles, comme la plus-part des
vieilles Filles qui font vœu de Chasteté,
quand personne ne veut entrer dans le bour-
bier dé leurs bonnes graces.

OLARIA.

Je suis Marchande, Monsieur, & dans ma
Boutique, il s'en est trouvé plus d'un qui
contens de l'échantillon se seroient chargés
de la piece entiere.

ARLEQUIN.

C'est que le bon marché fait envie de
mauvaise marchandise, & vous pretendés
que ces échantillons ne diminuent pas la
piece.

OLARIA.

Nous en ôtons quelquefois plus de cinquante sans que la piece diminuë à la verité
d'un sol, & les Marchands s'en chargent
sans prendre garde de si prés.

ARLEQUIN.

Allés, vous vous moqués, & retirés vous.

OLARIA.

Vous ne voulés donc pas que je garde le
feu immortel.

ARLEQUIN.

Vous êtes si seche & les échantillons levés
sur vôtre piece, la rendent si allumette que
pour peu que vous m'aprochassiés il vous
bruleroit comme une poigné de paille.

SCENE IX.

ARLEQUIN, MARINETTE.

ARQLEUIN.

EN voilà bien un autre je crois que c'eſt une Citrouille. des Marais de la Ville l'Evêque, outout au moins le Magazin aux Tripes de la Porte de Paris, & qui êtes vous par vôtre permiſſion?

MARINETTE.

Je voudrois parler au feu immortel.

ARLEQUIN.

Que lui voulés-vous, je ſuis ſon Valet de Chambre?

MARINETTE.

Eſt-il vray qu'il dit qu'il n'y a plus de Filles ſages, je lui viens dire qu'il a menty.

ARLEQUIN.

Comment le prouverés-vous?

MARINETTE.

Par moy?

ARLEQUIN.

La ſageſſe eſt une vertu delicate, & vous êtes groſſe comme une Truye?

MARINETTE.

Je ſuis pourtant ſage Monſieur, & j'en jurerois par tous les ſermens du monde.

ARLEQUIN.

ARLEQUIN.

Pardy vous nous la baillés belle fi on pre-
noit toutes les filles à ferment il n'y en au-
roît pas une qui ne fût chaste , jufqu'aux re-
fidentes du Cheval de Bronze, & de qui eftes-
vous fille car la qualité , & la vacation con-
tribuent beaucoup à la fraction veftale.

MARINETTE.

Je ne fuis point de vacation , Monfieur, dé-
funt mon Pere étoit Procureur de la Cour.

ARLEQUIN.

Les parties avoient foin de vous rendre vifite.

MARINETTE.

Je ne manquois jamais de compagnie , un
jeune homme de la Doüanne , a efté affés fol
de fe faire faire un procés pour avoir occa-
fion de m'entretenir.

ARLEQUIN.

Vous avés apparément vendu la charge
de Monfieur vôtre Pere, & vous vous eftes re-
fervé la pratique en voyant toûjours le jeune
Doüanier.

MARINETTE.

Helas c'eft le feul bien qu'il m'a laiffé , &
fa generofité ne me laiffe jamais au dépour-
veu.

ARLEQUIN.

Les loüis d'or qui entrent dans vôtre
Doüanne , fans doute luy donnent toutes fa-
cilités ; n'y a t'il que luy qui partage la four-
ce inepuifable de vos bien-faits.

MARINETTE.

Un iroquois de jeune Procureur me vouloit embarraffer de fon cœur, mais il étoit fi

jeune, comme je luy difois croyés vous qu'on
ne puiffe aimer que vous?

ARLEQUIN.

C'eft un impertinent de vouloir borner
un cœur d'une auffi grande étenduë que le
vôtre & Madame vôtre mere ne vous en em-
pefchoit point.

MARINETTE.

La méfiance de mon Pere fur le chapitre
de fa vertu, & les vifites que l'on luy rendoit
à huis clos ne luy en donnoient pas le tems.

ARLEQUIN.

C'eft à dire que pendant que Monfieur vôtre Pere minutoit quelque piece d'écriture
dans fon cabinet, on profitoit dans la chambre de Madame vôtre Mere.

MARINETTE.

Mais vous ne me determinés point fi je
garderay le feu immortel.

ARLEQUIN.

Vous en étes bien éloignée, le jeune Doüán-
nier feul eft fuffifant de mettre l'incendie
dans toutes les parties de vôtre corps.

MARINETTE.

Quoy pour un bon amy je ne ferois pas fa-
ge, ma Mere en a toûjours eü trois ou quatre,
& fi dans fa communauté elle paffoit pour
une des vertueufes.

ARLEQUIN.

Si vous m'en croyés vous vous en retourne-
rés, finon deshabillés-vous, car fe feroit dom-
mage que ces habits là brûlaffent.

MARINETTE.

Comment brûler j'en ferois bien fâchée.

ARLEQUIN.

Eh ! bien retirés-vous donc, & contentés-
vous du feu mortel de la Doüanne.

SCENE X.

ARLEQUIN, SPINETTE.

SPINETTE *Esouflée.*

Est-ce vous Monfieur qui eftes le feu immortel.

ARLEQUIN.

Non.

SPINETTE.

Où eft-il donc, je luy veux parler.

ARLEQUIN.

Le voila l'a bas qui vous attend pour vous
brûler auffi-bien vous m'avez la mine de n'é-
tre guerre bonne à autre chofe.

SPINETTE.

Vous eftes un effronté , & je vous pomeray
la gueule, en quatre paroles , fçavés-vous bien
cela?

ARLEQUIN.

Allés allés-vous faire brûler.

SPINETTE *fe voyant entourée de feu.*
Ah ! ciel je fuis perduë.

ARLEQUIN.

Deshabillés-vous , & d onnés moy vos habits fe fera pour mettre à part vos cendres, &
les envoyer à vos pare ns.

SPINETTE.

Je vous donne tous & fauvés-moy la vie.

ARLEQUIN.

Je le veux bien, mais il faut commencer
par vous brûler.

SPINETTE, *le feu s'augmente.*

Ah ! ah ! ha.

ARLEQUIN.

Dépeché-vous donc de vous dés'habiller,
au ma foy vos habits feront brûlés, & vos
cendres ferviront aux Blanchiffeufes à faire
la Lefcive.

SPINETTE.

Un moment, & dite lui qu'il entende raifon.

ARLEQUIN.

Il fçait la verité, fi vous êtiés Veftale vous
feriés icy en feureté, étant ce que vous ête
vous ne deviés pas vous expofer en vous
voyant, même on voit que vous êtes de matiere à brûler.

SPINETTE.

Je croyois qu'il ne fauroit pas deviner, &
qu'il m'en croiroit à ma parole. Ah ! ah ! ah,
& Monfieur, fi j'en pouvois être quitte pour
une brûlure, ah, ah.

ARLEQUIN.

Que ne vous depéchés-vous, vous nous
faite perdre plus de tems qu'il n'en faudroit
pour en brûler dix autres.

SPINETTE.

Pour tous mes habits, jufqu'à ma chemife
fauvés-moy la vie.

ARLEQUIN, *l'examinant.*

Voyons fi cela en vaut la peine, vos Bas &
vos Souliers en font-ils.

MARINETTE.

Tout, & laiffés-moy fortir.

ARLEQUIN.

Au moins vous m'aurés obligation de tout
ce que vous m'allés donner, il n'en entre
pas un fol dans ma poche, c'eft pour lui
acheter quelque chofe pour l'amufer en attendant qu'il en vienne quelqu'autre.

SPINETTE.

Je vous en envoyeray.

ARLEQUIN.

Je fçay bien que nous n'en manquerons
pas de matiere à brûler, mais c'eft une Veftale qu'il nous faut pour le garder, je crois
qu'à la fin ma foy il fera obligé de s'en
paffer.

ACTE II.

SCENE DEVXIEME.

PASCARIEL , MEZETIN.

MEZETIN , Chante.

Si Bachus , & l'Amour,
Dementant la raison rendent fol tour à tour,
de qui des deux , doit-on se plaindre,
Le vin n'est qu'un moment à craindre,
& l'Amour l'est tújours.

PASCARIEL.

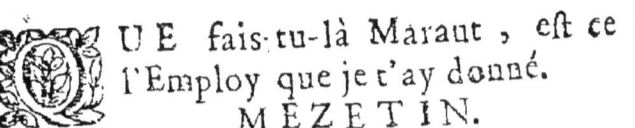 UE fais-tu-là Maraut , est ce là l'Employ que je t'ay donné.

MEZETIN.

Ah ! Monsieur, vous faites toûjours le mé-chant à contre-tems, & quand vôtre amour est à couvert.

PASCARIEL.

Quoy luî as-tu parlé?

MEZETIN.

Je vous dis que vous devés être content.

PASCARIEL.

As tu une Lettre

MEZETIN.

J'ay bien autre chofe de meilleur à vous apprendre;

PASCARIEL.

Dit donc, quelque rendés-vous.

MEZETIN.

Non, ah Dieux ! que les amoureux font preffés, & donnés-vous patience ?

PASCARIEL.

Mon pauvre Mezetin , un mot feulement pour...

MEZETIN.

Pour toute raifon, Spinette eft grillée , elle eft de ce matin enfermée dans un lieu où perfonne ne lui parle.

PASCARIEL.

Eft-ce-là la bonne nouvelle que tu voulois m'apprendre ?

MEZETIN.

Peut-elle être meilleure, fi vous voulés l'époufer, n'avés-vous pas interêt de fermer la porte à tous vos rivaux & de conferver fon honneur qui feroit, comme vous fçavés, en tres-grand danger s'il reftoit dans le monde; pourveu qu'il ne paffe pas par la Fenêtre, ou par la Cheminée, & ce ne feroit pas la premiere qui y feroit entrée fille , & qui en feroit fortie Mere , tenés Monfieur l'honneur d'une Fille, voltige comme une Hyrondelle, & gliffe des mains comme une Anguille.

PASCARIEL,

Va retourne & ne reviens pas que tu ne
m'en apporte des nouvelles écrites de sa
main, ou je te casse les bras.

MEZETIN.

Monsieur je vous rends vôtre condition, si
quelqu'autre que moy veux l'entreprendre,
le chemin est beau & large, mais fort épi-
neux, du moins pour des gens de ma sorte
son Pere est un homme à assommer un Bœuf,
& comment ne feroit il pas un homme, que
n'y allés vous vous même, j'aime mieux
vous prêter mon habit, vous aurés la satisfaction d'entendre & de lire dans ses yeux.

PASCARIEL.

Pour qui me prend tu maraut, m'offrir ton
habit pour me revestir.

MEZETIN.

Estes vous plus grand Seigneur que Jupi-
ter, il prit bien autrefois la forme d'un tau-
reau pour joüir de la belle Europe, l'habit
d'un laquais est encor plus honneste que celuy d'une Beste; si on vous reconnoissoit vous
dirés que c'est une mascarade, & que vous
avés voulu devancer le carnaval, il ne faut
pas que dans un cœur de qualité la peur s'y
glisse, si vous hazardés quelque chose pour
elle, elle sçaura vous en tenir compte, il faut
par une ame genereuse surmonter les perils
de l'amour.

PASCARIEL.

La Flandre, l'Allemagne & le Piemont
sont témoins si j'ay craint le danger, un jour
sortant du combat mon front fut plus cou-

vert de lauriers qu'un cent de jambons de Mayence.

MEZETIN.

Eh ! pourquoy avez vous donc peur j'ay aimé en mon temps, & fait quelquefois breche en la place que j'attaquois , je peus dire sans vanité que je n'ay jamais manqué mon coup, auffi étois-je nommé dans mon quartier le mignon de Venus , & le poupon favory du beau sexe ; j'ay veu en un matin plus de trente Ramoneurs affieger ma chambre, & former un corps de bataille pour avoir l'honneur de me parler le premier.

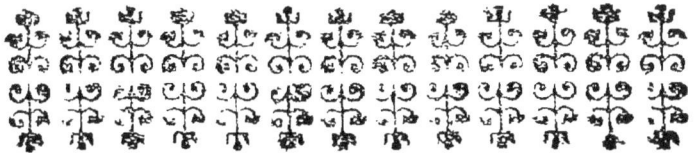

SCENE II.

ARLEQUIN, SPINETTE, COLOMBINE.

ARLEQUIN.

EH bien Spinette comme vont les Amours Dragoniftes, car on dit que le Capitaine qui a logé chés vous, a mis pied à terre à l'hôtel de tes bonnes graces.

SPINETTE.

Je ne luy ay pas encor parlé, mais je fçais bien ce que Mezetin m'a dit.

COLOMBINE.

Ne le crois pas Spinette il t'atrapera.

SPINETTE.

Il faut l'estre une fois pour être sage.

ARLEQUIN.

Elle a raison, si tout le monde étoit si méfiant de cent mariages il ne s'en feroit pas un.

COLOMBINE.

Tu crois que ce Capitaine t'espousera.

ARLEQUIN.

Ouy il l'espousera, & toy y tou si tu veux, il en espouseroit bien d'autres.

COLOMBINE.

Il faut être folle.

ARLEQUIN.

Moy je luy conseille de tenter fortune il n'est rien tel que de risquer, tu serois bien estourdie si tu la voyois dans peu de temps à la teste d'un Camp volant ; tien je veux te voir un jour la garde boutique de nôtre ville.

* * *

SCENE III.

PASCARIEL, MEZETIN.

MEZETIN.

AH parbleu j'ay de drôles de nouvelles à vous apprendre, à moins de casser les portes on ne peut pas y entrer, pour avoir fait un petit tac on m'a jetté une douzaine de pavés sur la teste.

PASCARIEL,

N'as tu que cela à me dire.

MEZETIN.

Pardonnés-moy, j'en ay bien d'autres , &
pour ne vous point faire de galimatias , je
vous apprend que d'un arbre qui vous paroît
si beau vous n'en aurés que l'écorçe.

PASCARIEL.

Que veux dire ce coquin.

MEZETIN.

Suivant l'Ordre de datte vous n'estes que
le troisiéme Amant de Mademoiselle Spinette, elle est soubçonée d'avoir produit sans
avoir eü procés , cependant à sa contenance
il semble qu'elle soit dans la vestalité , & que
d'ouvrir la bouche pour nommer un teton
c'est luy parler Arabe, Espagnol , Allemand,
ou bas Breton.

PASCARIEL.

Comment Spinette n'est pas sage , & a plu-
sieurs Amants.

MEZETIN.

Il y a du feu immortel qui n'est gardé que
par des pucelles, elle y a esté , & si on ne
l'eût retirée elle étoit brûlée comme une allumette.

PASCARIEL.

Ah ! ciel que je suis malheureux.

MEZETIN.

Il est permis de crier à qui perd son procés.

PASCARIEL.

Mais Mezetin, cela est-il bien vray.

MEZETIN.

Diable il n'est que trop vray , vous estes

encor bien heureux de n'estre que le troisiéme , les deux premiers comme à la tontine
peuvent mourir , & puis se sera à vous à
glisser , parbleu c'est drôle qu'en amour les
Coutumes, & les Arrests soient en usage.

PASCARIEL.

Que veux-tu dire.

MEZETIN.

C'est que vous ne pouvés pas êrre utile-
ment colloqué dans l'ordre qui est à faire du
prix du cœur de Mademoiselle Spinette, que
suivant l'ordre de vôtre hypoteque ; c'est à
dire du jour que vous l'avés connuë.

PASCARIEL.

Cesse ce discours , & fais en sorte de m'y
faire parler.

MEZETIN.

Il n'y a rien de plus facile.

PASCARIEL.

Et comment faire ?

MEZETIN.

Il n'y a qu'à entrer dans la Chambre &
vous lui parlerés.

PASCARIEL.

Tu me propose là une chose impossible.

MEZETIN.

Il faut vous habiller en Medecin, il ne
vous reconnoîtra pas , il est déja indisposé,
vous lui ordonnerés une medecine où il y au-
ra tant de casse de Sené, & de Rubarbe, qu'il
gardera le lit plus de trois mois , pendant ce
tems-là , dame c'est à vous à pousser vôtre
pointe , tout ce que je peux faire c'est de
vous mettre le gibier à la porté du coup.

PASC.

PASCARIEL.

Un Capitaine de Dragons, Medecin qu'importe je t'avoüe que tu est ingenieux.

MEZETIN.

Ouï, parbleu principalement en amour, je veux au premier jour disputer cette science au plus grand ingenieur de France, ah ! ah, dés que j'ay une fois pris les Lignes de circonvallation d'un cœur, & que j'en ay attaqué l'ouvrage à corne, quand se seroit un Diable, il faut qu'il se rende ou qu'il capitule, un Valet comme moy ne se sauroit payer j'espere aussi qu'aprés vôtre satisfaction la mienne s'en suivra.

PASCARIEL.

Tu seras content.

Il s'habille en Medecin sur le Theatre.

SCENE IV.

LE DOCTEUR, PASCARIEL, MEZETIN.

MEZETIN.

VOstre Serviteur, allons il faut se ravoir.

LE DOCTEUR.

Il me semble que je me porte un peu mieux.

D

MEZETIN.

Les maladies de cette année font fi traitres qu'elles chatoüillent de marques de fanté quand on eft prêt à mourir : tenés voilà le Medecin de nôtre Regiment qui eft le premier homme du monde pour guerir toutes fortes de maux fi vous ne voulés pas faire beaucoup de dépence , il vous donnera une Medecine de hazard , & un Lavement de rencontre.

PASCARIEL.

Vous êtes apparemment malade ?

LE DOCTEUR.

Je me fens un peu foulagé.

PASCARIEL.

Il faut y pourvoir , & empêcher que le mal ne recidive , car felon la Doctrine d'Hippocrate, Ariftote & Gallien, ce n'eft pas affés de guerir un mal prefent, il faut empêcher qu'il ne revienne à la charge?

LE DOCTEUR.

Eftes vous Monfieur Medecin de l'Univerfité de Paris ?

PASCARIEL.

Ouy Monfieur , & de certains Quidams factieux non receus en l'Univerfité , ont voulu changer l'état du corps humain ; mais par Arrêt du Parlement du 12. Août 1674. il a été enjoint au cœur d'eftre le principe des Nerfs, & à toutes perfonnes de le croire, tel ; ordonné au chile d'aller droit au foye fans plus paffer par le cœur : fait deffenfe au Sang d'être plus vagabond fur peine d'être livré à la faculté de Medecine : deffenfe à la raifon de s'ingerer à l'avenir de guerir les fiévres tierces, double tierces, quartes triple, quartes ny continües par mauvaise voye, comme vin pur, poudre, écorce de Quinquina, & autres Drogues non approuvées, ni connuës des Anciens, & en cas de guerifon, permis aux Medecins de ladite faculté de rendre la fievre aux Malades, avec caffe Sené, Sirop, Julep & autres remedes.

MEZETIN.

Sans cela la Medecine étoit à veau-l'eau, & les trois quarts du monde vivroient une fois plus qu'ils ne font.

LE DOCTEUR.

Si je fuis malade ce ne peut-être que du Foye.

PASCARIEL.

Gallien au treifiéme livre de la Methode parlant du Scirrhe du foye, dit que l'indication curative qui fe prend de la maladie, indique les Remedes émollians & refolutifs.

LE DOCTEUR.

Hippocrate, & Galien ne me gueriront pas, que faut-il faire.

PASCARIEL.

La maladie eft une conftitution contre nature, ainfi que le dit Gallien en fon Commentaire.

MEZETIN.

Et fait mourir le monde

LE DOCTEUR.

De grace Monfieur, dittes moy dequoy je fuis malade?

PASCARIEL.

Hyppocrate dit que la nature guerit les maladies, Gallien que la guerison confiste en la temperature , & harmonie des quatre qualités Elementaires?

LE DOCTEUR.

Eh Monfieur , les Elemens n'ont que faire à ma maladie, d'où vient. . . . .

PASCARIEL.

C'eft que comme dit Tagault , & Fernelle ?

LE DOCTEUR.

Je vous demande que vous me gueriffiés, de par tous les Diables?

PASCARIEL.

Je n'ay d'autre but , j'en appelle à témoins Cornelius, Celfus chés les Latins , Porphyre, Canape, Avifcefne, Rhafis, Albucafis chés les Arabes, Quintilien, le Docte Sennertus avec Oribaze, Equiette chés les Grecs.

LE DOCTEUR.

Que les Grés & les Pavés te puiffent entrer dans le corps.

PASCARIEL.

Conftantin, Vvidius, Dalechamp Guy-de.

LE DOCTEUR

Mais c'eft un Demon que ce Medecin-là?

PASCARIEL.

Fabrice , Hildanus , Pigrée, Guillemeau, de marque.

LE DOCTEUR.

Parle donc jufqu'à-ce que le Diable t'emporte?

PASCARIEL.

Herophile , Afclepiade , Varron, Elion ; Archagatus.

LE DOCTEUR.

Quoy enragé de Medecin, Chirurgien, Apotiquaire, tel que tu fois, tu ne finiras pas.

PASCARIEL.

C'eſt que je veux vous faire voir mon ſçavoir faire, & que comme dit Hyppocrate, & Ariſtote, l'experience eſt la mere de tous Arts.

MEZETIN.

Aſſurément, & tel que vous le voyés, il vous feroit revenir au monde quand vous ſeriés pourri.

LE DOCTEUR.

Voulés-vous me débarraſſer de vôtre diſcours, & ſortir d'icy.

PASCARIEL.

Les Cerfs Dains, & Chevres de Candie ont un inſting naturel que les hommes n'ont pas, ils cherchent le Dictam & en mangent pour faire ſortir les Fléches de leurs playes, ainſi que le recite Pline, Elion, Solin, Dioſcoride & Mathiolle, je veux vous guerir.

LE DOCTEUR.

Tu me feras plûtoſt mourir.

PASCARIEL.

Le mal deviendra plus grand, & vous en mourrés.

MEZETIN.

Et puis vous en ſerés fâché.

PASCARIEL *veut parler.*

LE DOCTEUR.

Il va encor recommencer.

PASCARIEL.

A cause que la chaleur naturelle digestive est tellement debilitée, & amoindrie, & l'estomach si refroidy & indigeste que son action qui est publique manque à tout le reste du corps.

LE DOCTEUR.

Si la langue te pouvoit manquer.

MEZETIN.

Ne voit-on pas que vous avés mal à l'estomach, & que vous ne mourrés que par là.

LE DOCTEUR.

Quand j'y aurois cinquante fois plus mal je ne veux pas qu'un babillard comme celuy-là me guerisse, il me feroit mourir par la teste.

PASCARIEL.

Je vous laisse donc mourir mais ...

MEZETIN.

Mourrés, mourrés, aprés cela vous verrés beau jeu, les Medecins ne sont pas Medecins pour rien, & ne se donnent pas la peine de faire venir de la casse, du sené, & de la rubarbe, pour ne pas s'en servir.

PASCARIEL.

Monsieur peut mourir.

MEZETIN.

Ouy mais non sans la faculté.

LE DOCTEUR.

Je ne demande pas mieux que vous me guerissiés, pourveu que vous ne vouliés plus parler.

MEZETIN.

Il n'y a rien de plus facile.

PASCARIEL.

La langue comme dit....

LE DOCTEUR.

Ah ciel je suis mort.

MEZETIN.

Eh Monſieur gueriſſés-le , donnés-luy de ces pilules qui font reſuſciter tout le monde , & deſquelles il ſuffit de prendre une fois pour être cinquante ans ſans être malade.

PASCARIEL.

Tire de ſa poche une medecine luy fourre dans la bouche , & luy fait avaler.

LE DOCTEUR.

Ah de par le bon Dieu le voila en allé.

MEZETIN.

Vôtre homme en tient*, je vais preſentement parler à Spinette.

SCENE V.

MEZETIN, SPINETTE.

MEZETIN.

Mademoiſelle mon Maître de la premiere famille de l'Europe , eſt comme vous ſçavés amoureux de vous , il attend la conqueſte de vôtre cœur pour ſe broüiller

avec la mort ; Mezetin que vous voyés s'est
chargé de cette ambassade. Voila une lettre
qui vous explique ses sentiments concevés
en bien la lecture, & vous connoîtrés que
depuis que Venus s'est méslée de faire des
amoureux , elle n'en n'a pas encor produit
un plus passionné , plus fidel , plus sincere,
plus tendre, plus discrèt , & plus emberlico-
qué dans l'amour que luy ; j'attends Mademoiselle vôtre réponse pour ravitailler son
esprit qui est déja à moitié chemin des pe-
tites maisons.

SPINETTE.

Dis à ton Maître que je ne puis quand à
present luy écrire , que ses manieres m'ont
fait concevoir pour luy une estime particu-
liere , je ne sçay pas même si cela n'ira pas
plus loin.

MEZETIN.

Ah Mademoiselle il vous aime assés pour
vous suivre jusque dans les antipodes, si vous
y voulés aller , en amour il ne demande pas
mieux que d'aller loin.

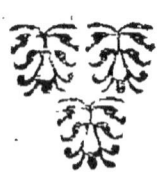

SCENE VI.

PASCARIEL, MEZETIN.

PASCARIEL.

LA chofe a-t'elle reüffi, as-tu parlé à Spinette as tu une lettre.

MEZETIN.

Non.

PASCARIEL.

Pourquoy,

MEZETIN.

Parce qu'ell n'a pas voulu.

PASCARIEL.

Tu ne luy a pas parlé.

MEZETIN.

Pardonnés moy.

PASCARIEL.

Tu viens de me dire que non.

MEZETIN.

Je vous dis non fur la lettre.

PASCARIEL.

Que ta t'elle dit.

MEZETIN.

Je fçay bien qu'elle m'a dit quelque chofe
pour vous dire.....*il reve.*

PASCARIEL.

Dis donc bourreau.

MEZETIN.

Si vous me preſſés je vous diray des menteries pour me debarraſſer de vous.

PASCARIEL.

Dis donc.

MEZETIN.

Ces diables de paroles paſſent dans ma
teſte comme un courier qui s'arreſte un moment, & puis foüette coché...... Ah atten-
dés elle m'a, parlé..... ma foy je ne ſçay
ſi c'eſt elle ou moy qui a parlé des antipodes...... non...... je crois que c'eſt
moy...... fort bien...... je m'en ſou-
viens.... diable ſoit de la memoire......
Je ne vous ay jamais celé que je n'en avois
point ſi je pouvois ratraper les paroles qu'elle m'a ditte, car elles ne doivent pas être
loin.

PASCARIEL frappe du pied.

MEZETIN.

A toute choſe il y a patience, elle étoit
comme cela en liſant vôtre lettre...., ah
parbleu je les tiens..... mais ſes manieres honneſtes m'ont touché, je ne ſçay pas
même ſi cela n'ira pas plus loin.

PASCARIEL.

Elle t'a dit cela

MEZETIN.

Qu'y trouvés-vous d'avantageux.

PASCARIEL.

Ah que cela veut dire de choſes.

MEZETIN.

Cela veut dire un alambic pour diſtiller
dans ſa poche tout l'argent de vôtre bourſe
qui ſervira bien à autre choſe.

PASCARIEL.

Comment coquin je crois que tu veux rai-
sonner.

MEZETIN.

Point du tout vous estes le maître, & vous
pouvez-vous laisser attraper.

PASCARIEL.

Si tu ne cesse je te frotteray.

MEZETIN.

Doucement; les mains luy demangent qu'il
ne m'assomme, une carrogne qui fait l'esté
provision d'Amans pour l'hyver, qui n'a
d'autre merite que la coqueterie, & dont les
beautés la nuit sont sur la toilette.

PASCARIEL.

Tu parle encor.

MEZETIN.

Si vous avés tant envie de me tuer, tués-
moy donc, & du moins laissés moy l'usage de
la parole.

PASCARIEL.

Je t'assommeray.

MEZETIN.

Fouillés-moy plûtôt si je parle, vous l'a-
vés cru, & les oreilles vous cornent.

PASCARIEL.

Encor.

MEZETIN.

Ne voyés-vous pas que ce sont ces Messieurs-là qui raisonnent, & non pas moy.

PASCARIEL.

Mais ce coquin qui veut me reprimender.

MEZETIN bas.

Pour être maître on n'en a pas quelque-

fois plus de raison , & souvent celuy qui se
fait rouler en Carrosse est aussi beste que
ceux qui le traînent.

PASCARIEL.

Marbleu tu abuse de ma patience, *il le frappe*.

MEZETIN.

Ah Monsieur je suis muet , je suis muet, je
suis muet.

PASCARIEL.

Avec ces coquins-là on n'en vient jamais
à bout qu'à coups de bâtons.

MEZETIN.

Il remuë la teste.

PASCARIEL.

Je crois que

MEZETIN.

Je suis muet Monsieur , & méme sourd si
vous voulés, *bas*, quelle diable d'envie luy a-
t'il pris de me faire muet , moy qui ay une si
bonne langue.

PASCARIEL.

Coquin que tu merites d'étre frotté , retourne d'où tu viens , & trouve le moyen
d'avoir réponse, je l'attend à cette porte.

MEZETIN.

Et Monsieur que n'y entrés-vous , j'apprehende les pavés , je crois que la maison
en est couverte.

PASCARIEL.

Je te frotteray.

MEZETIN.

Monsieur je suis accoutumé de parler , &
je ne songes pas que je suis muet.

SCENE

SCENE. VII.

SPINETTE, MEZETIN.

MEZETIN.

Mademoiselle d'essipés par une réponse de vôtre main une nuée de coups de bâtons qui forment sur moy un orage si impetueux que mes épaules en tremblent, mon cœur augmente sa palpitation, le sang dans mes veines se fige comme du beure sur de la glace, mes cheveux commencent à herisser, & enfin si vous ne me donnés une lettre je vais mourir à vos pieds.

SPINETTE.

Il t'a donc menacé

MEZETIN.

Et même donné des herres.

SPINETTE.

Comment se porte-t-il?

MEZETIN.

Toûjours bon bras, bon pied, bon œil, avec cela il se dit malade, je viens de le quitter comme il commençoit à perdre l'appetit il avoit mangé un Alloyau, & but six ou sept Bouteille de vin; ah! pour cela il n'est pas grand mangeur.

SPINETT

Tiens voila une Lettre que j'avois écrite.

E

SCENE VIII.

PASCARIEL, MEZETIN,

MEZETIN, *sans parler presente*
une Lettre à Pascariel.

PASCARIEL, *lisant la Lettre.*

M'à t'elle.

MEZETIN, *fait de la tête.*

PASCARIEL.

A Qui en à donc ce double Maraut, là
parleras-tu?
MEZETIN, *fait de la tête.*
PASCARIEL.
Comment Coquin tu te moqueras de moy
& tu ne parleras pas, *il le frappe.*
MEZETIN.
Ah ! ah ! ah Monsieur, j'enrage de vouloir
faire parler un Muet.
PASCARIEL.
Ouï je te l'ay déffendu, & je t'assommeray.
MEZETIN
Voulés-vous que je parle Monsieur?

PASCARIEL.

Non ?

MEZETIN.

Voulés-vous que je sois Muet ?

PASCARIEL.

Non ?

MEZETIN.

Mais Monſieur écoutés donc raiſon, il faut parler où ne dire mot.

PASCARIEL.

Tu raiſonne encor, je te caſſeray les bras, oüi je veux que tu parles , & que tu ſois Muet ?

MEZETIN.

Quand vous me devriés aſſomer , je vous dis que cela eſt impoſſible , ah la maudite choſe que de ſervir des Amoureux de qua-lité, j'aimerois mieux être valet du Vivan-dier de la Flotte de Seine que d'être dans une pareille condition.

PASCARIEL.

Qu'as-tu fais de l'argent que je t'ay donné.

MEZETIN.

Je vais vous en lire le memoire.
Pour avoir fait racommoder vôtre Fuſil, 12. livres.

PASCARIEL.

Comment Maraut douze francs, le meilleur de mes Fuſils ne m'a jamais coûté que ſix francs.

MEZETIN.

Celuy dont je vous parle étoit ſi delabré, qu'il n'avoit ny canon , ny fût , ny platine,

E ij

pour avoir fait ramoner la cheminée de Madame vôtre sœur-quarante sols.

PASCARIEL.

Quarante sols.

MEZETIN.

Ouy Monsieur quarante sols, la guerre de Savoye a rendu les bons Ramoneurs rares, & il y avoit long temps qu'elle en avoit besoin.

Pour avoir fait reprendre une maille à vôtre bas 30. sols.

PASCARIEL.

Coquin 30. sols.

MEZETIN.

Oüi Monsieur 30. sols, à de jolies ravaudeuses, on ne prend pas garde de si prés.

Pour vos plaisirs Nocturnes, 100. livres.

PASCARIEL.

Comment 100. livres.

MEZETIN.

Eh, Monsieur devés vous regreter l'argent dans une pareille occasion vous avés voulu plus de cent fois donner cent Pistoles, pour l'avoir, il ne vous en coute que dix.

PASCARIEL.

Mon reste.

MEZETIN.

Vous vous moqués Mosieur vous me devés encor deux Pistolles.

PASCARIEL.

J'examineray ce petit memoire là.

MEZETIN.

Bas.

Pourveu qu'il n'examine que le memoire,

je m'en consoleray ; mais mes épaules pour-
roïent bien avoir le même fort.

PASCARIEL.

Và t'en de ce pas trouver Spinette, & que
je lui parle.

ACTE III.

SCENE PREMIERE.

MEZETIN, LE DOCTEUR, SPINETTE, COLOMBINE, ARLEQUIN.

MEZETIN.

Oilà mon Maître qui jure comme un Diable qu'il veut une autre Chambre, je lui ay voulu dire que vous n'en aviés pas d'autre, il a juré un morbleu en roüillant les yeux, qui m'a fait prendre ma course jusqu'icy sans prendre halaine.

LE DOCTEUR.

Les Jambes me faillent, je n'y peut aller.

MEZETIN

Eh bien, envoyés-y Spinette.

ARLEQUIN,

Qu'elle y aille, l'amitié s'y mettra peut-être, & puis il l'époufera à la Dragonne, le

mariage de ces Meſſieurs-là ne dure que quatre à cinq mois, qui eſt le tems de leur Gar-
niſon ; & il leur eſt permis de ſe marier tous
les ans, je trouve cela fort commode, tantôt
on les envoye en Allemagne , en Flandre, en
Piémont, en Bourgogne , en Champagne, en
Picardie , en Normandie , en Provence , en
Lorraine , voyés ſi une femme pourroit faire
ce chemin-là , pour leur éviter la fatigue du
voyage ils ſe marient par tout où ils ſe trou-
vent & comme leurs mariages n'eſt que de
parolle , les femmes qui les épouſent aprés
leurs départs peuvent ſe marier comme
veuves.

LE DOCTEUR.

Tout çà , ces mariages-là ne m'accomo-
dent pas , je veux m'en debaraſſer pour ma
vie.

MEZETIN.

Laiſſés le dire, mon Maître l'épouſera pour
toûjours , & j'en ſuis caution , je lui ay déja
veu faire plus de cent promeſſes pareilles, il
n'en a pas manqué une , il conduit Spinette à
ſon Maître.

ARLEQUIN, Chante.

Le Mariage eſt une ſotte choſe,
Quand on s'engage pour long-tems,
Tous les maris ſouhaittent la clauſe,
de changer tous les prin tems.

COLOMBINE.

Moy je veux me marier pour ma vie , &
que je ſois femme l'Eté comme l'Hyver.

Elle Chante.

Nous aimons dans nos Villages,

Les gens en tout temps presens
On sçait quand on est absent.
Qu'un Amant devient volage,
Et le cœur d'un Officier,
Est toûjours prêt à changer.

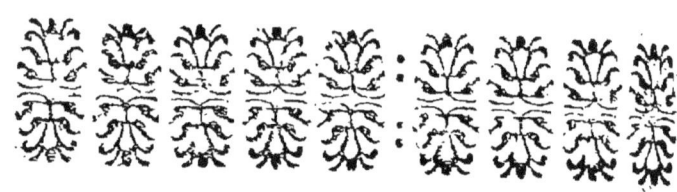

SCENE II.

LE DOCTEUR, MEZETIN, ARLEQUIN, COLOMBINE.

LE DOCTEUR.

AH, la diable de Medecine, je me portois presque bien, & me voila tout-à-fait malade.

MEZETIN.

C'est qu'elle fait effet.

LE DOCTEUR.

Si j'en avois la force ma main avec un bâton feroit effet.

MEZETIN.

Un autre que vous, mais vous avés la siévre chaude.

LE DOCTEU.R

Et toy tu as le diable dans le corps.

MEZETIN.

Il faut renvoyer querir le Medecin.

LE DOCTEUR.

Il faut envoyer querir le bourreau pour te pendre.

MEZETIN.

Si j'avois quelque chofe pour vous foulager.

LE DOCTEUR.

Si j'avois une corde pour t'étrangler.

MEZETIN.

Vous ne fongés pas que vous vous ferés mal.

LE DOCTEUR.

Tu ne fonge pas que tu me fera mourir avec ton pedagogue, & babillard de Medecin.

MEZETIN.

Je voudrois qu'il ne tint qu'à moy que vous fuffiés guery.

LE DOCTEUR.

Et moy je voudrois qu'il ne tint qu'à la moitié de mon bien que tu fus crevé il y a dix ans, eh ma fille eft bien long-temps à appaifer ce Monfieur le Capitaine, faut-il tant de raifons, j'apprehende qu'avec fon bel efprit, & fes beaux difcours il ne prenne nôtre fille pour une ville, & qu'en faifant breche à fon honneur il n'y monte à l'affaut, j'ay envie d'y aller voir, je fuis las de fes allées, & venir.

ARLEQUIN.

Ah mon Maître ny allés pas il vous tuera.

MEZETIN.

Qu'un Regiment de Cavalerie m'entre dans le corps le fabre à la main s'il y manque.

LE DOCTEUR.

Ah qu'il n'eſt pas permis de tuer comme cela, ſi cela arrivoit je monterois ſur mon âne noir, & je m'en irois droit au Roy, eſt-ce qu'il s'imagine à cauſe que je ſommes de pauvres gens qu'il n'y a qu'à tuer, par la margué ſans ce narme je le gormerois comme un chien, mais avec leur diable d'épée il vous fouront cela dans le ventre d'un homme, & puis pouf le vla par terre.

MEZETIN.

Il vous tueroit, & toute vôtre generation juſqu'à la ſeptiéme ſequele qu'il n'en ſeroit pas un zeſte, vous ne le conoiſſés pas, il tuë 20. hommes reglement par jour, moy qui vous parle j'en pourrois faire de méme ſi je n'eſpargnois le genre humain.

ARLEQUIN.

Parguoué cela eſt bien commode, faut que je me faſſe de guerre on ne ſçauroit icy donner un coup de poing que d'abord ces diables de rabatins, & porteurs de robbes vous font mille chicannes, on a biau regimber contre la Juſtice ils ne vous quittent pas ſans emporter la piece.

MEZETIN.

Eh bien Arlequin je t'enrôlle tu n'as plus qu'à faire comme moy, voila une épée pour aſſeurance que tu eſt au ſervice du Roy.

ARLEQUIN.

Il faut donc que je tuë 20. hommes par jour.

MEZETIN.

Il ne tient qu'à toy.

ARLEQUIN.

Ah ah Monſieur le genre humain tu n'as
qu'à te bien tenir . . . . & ſi la Juſtice y met
le nés, & avec ſon eſprit de travers . . . .

MEZETIN.

Nous ne connoiſſons pas la Juſtice, & ſi on
t'avoit pendu madame la Juſtice verroit beau
jeu.

ARLEQUIN.

Ma foy voila Colombine qui t'appelle , je
crois qu'on l'enleve.

MEZETIN.

Eh bien Monſieur voyés-vous comme on
enleve les filles , ſi la vôtre n'eſtoit ſoubs la
ſauve-garde de mon Maître l'eſchapperoit-
elle.

COLOMBINE *arrivant à Mezetin.*

Tu n'as qu'à te venir frotter auprés de
moy.

MEZETIN.

Ma foi j'y courois , & pour aller plus
vîte j'allois me botter,& monter à cheval.

COLOMBINE.

C'eſtoit là haut dans le grenier où ils me
portoient.

ARLEQUIN.

Au Grenier, & à la Cave ſont des endroits
où l'honneur d'une fille n'eſt guerre en ſeu-
reté , tu eſt bien-heureuſe ſi tu en eſt eſ-
chappée.

MEZETIN.

Quand ſe feroit au Grenier j'y aurois mon-
té à cheval botté, & eſperonné, j'ay un bi-

det qui monteroit au grand galop l'escalier
de la Tour de Babilonne.

COLOMBINE.

Allés exercer vos menteries ailleurs.

MEZETIN.

Ma foy je te dis de mon mieux , nous autres nous n'avons pas accoutumé de tant prier , sur tout n'enterre pas mon cœur dans l'ordure de ton indifference , car si je m'en apperçois je congedieray l'amour que j'ay pour toy , & rendray la place nette pour un autre.

COLOMBINE.

Quelle soit salle où nette cela m'importe peu.

MEZETIN.

Tu te fâche donc , ma foy je n'iray pas te rechercher.

COLOMBINE.

Tu y ferais bien venu.

MEZETIN.

Sçais-tu que si je t'avois espousé j'aurois voulu du retour.

COLOMBINE.

Du retour ! ah c'est bien assez troque pour troc.

ARLEQUIN.

Eh bien Colombine as-tu du cœur.

COLOMBINE.

Ouy ouy, j'en ay , & il s'en apercevra; avoir l'effronterie de dire qu'il veut du retour.

ARLEQUIN.

S'il ne tient qu'à cela que vous soyés mariés

riés baille luy-en tout son soul parce que cela
merite bien se faire tirer l'oreille.

COLOMBINE.

Ah il verra si je l'aime dés ce soir, je vais
dechirer ses lettres.

MEZETIN.

Et moy tout à l'heure tiens les voila.

COLOMBINE.

Tu le payeras ma foy, voila donc cette
grande amitié.

MEZETIN

Je ne sçaurois souffrir davantage cherche
qui t'aimera. *il s'en va.*

COLOMBINE.

Vertu de ma vie tu n'en demeureras pas là,
tu tiendras ta parole ou je t'arracheray les
yeux.

ARLEQUIN.

Quel entestement Colombine, tien voila
une chanson.

Un Amant bien sincere,
Ne se rebutte guerre,
La constance de souffrir,
Le fait un jour cherir,
Mais si d'une parole il se pique d'hon-
neur,
Choisissez-en un autre & luy donnés vô-
tre cœur.

SCENE III.

SPINETTE, ARLEQUIN.

ARLEQUIN.

D'Où vient-tu Spinette comme te voilà chiffonnée, Ah ma foy il y a quelque chose, tu rougi.

SPINETTE.

Voyés, qui est-ce qui ne rougiroit pas.

ARLEQUIN.

Và, và, c'est que je ris, ne sçay-je pas bien qu'à ton âge quelques fredaines d'amour sont neccessaires.

SPINETTE.

Pardy je ne t'avois pas remarqué, eh te voilà habillé en Soldat.

ARLEQUIN.

C'est pour dancer à ta nopce, j'auray comme tu voy l'honneur de vous voir à l'armée, iernigué que tu est glorieuse dépuis que tu est parmi les Monsieurs, tient pour maxime que la plus grande joye dure le moins, & qui suit la fortune & l'amour, pert & gagne, rit & pleure au moins six fois le jour.

SPINETTE.

Và và, Arlequin il m'aimera toûjours, il me l'a dit.

ARLEQUIN.

Nous autres gens de guerre nous avons une difpenfe pour mentir dans ces fortes de rencontres, comme de nous marier tous les ans; la conftance n'eft prefentement à la mode que pour ces petits Maîtres, ces minois de fináces qui n'ont d'épée que pour en faire voir la poignée, nous autres comme nous aimons à faire conquête fur conquête, un cœur ne s'eft pas plûtôt livré entre nos bras, & aprés en avoir eû ce que nous foûhaittons nous le laiffons en proye à nôtre indifference; voilà une Chanfon qui y a affés d'application.

CHANSON.

Les hommes en amour fe flattent de con-
ftance,
Ont-ils ce qu'ils foûhaittent, plus de perfeve-
rance,
Si-tôt qu'ils n'ont plus de defir,
Adieu tous les ferments, adieu tous les
plaifirs.

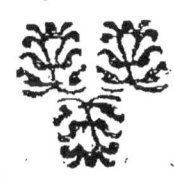

SCENE IV.

LE DOCTEUR, ARLEQUIN, PASCARIEL, MEZETIN, SPINETTE.

LE DOCTEUR.

HA voilà le Capitaine, je suis mort.

ARLQIUN.

Hé moy je suis envie.

LE DOCTEUR.

Hà il me va tuer

ARLEQUIN.

Tanpi, pour vous.

PASCARIEL.

Bon jour bon homme.

LE DOCTEUR.

Hà Monsieur ce n'est pas moy , ma Fille vous prie de me laisser vivre encor une cinquantaine d'années.

SPINETTE.

Parlez lui.

LE DOCTEUR.

Ne me tura-t-il point aussi.

SPINETTE.

Non?

LE DOCTEUR.

A-t'il tué 20. hommes.

SPINETTE.

Je vous dis que vous luy parliez.

LE DOCTEUR.

Les poltrons sont les plûtôt morts... sans ses yeux je n'aurois pas tant de peur.

SPINETTE.

Parlez-luy donc.

LE DOCTEUR.

Parle-luy toy-même.... quand il me re-g.. de le cœur me trotte dans le ventre.

ARLEQUIN.

Voulez-vous mon épée, allons un peu d'hardieſſe.

LE DOCTEUR.

Je n'en manque pas, mais le cœur me faille, vois-tu à son costé cette grande épée à enfiller dix hommes de front, ha ha, Arlelequin va luy parler de ma part.

MEZETIN.

Il veut parler à vous-même.

LE DOCTEUR.

C'est pour me tuer, puis que cela est, il faut mourir, allons droit à luy, mes jambes n'y veulent pas aller.

MEZETIN.

Mon Maître veut vous parler.

LE DOCTEUR.

Dis-luy que je m'en paſſeray bien.

MEZETIN.

Je vais luy dire que vous voila.

LE DOCTEUR.

Pauvre Docteur il n'y a plus qu'un moment d'icy à la mort.

COLOMBINE.

Pourquoy tant barguigner , un homme ne me fait pas peur.

LE DOCTEUR.

Cela t'est bien aifé à dire ... ha mes jambes que vous foutenez mal mon honneur.

PASCARIEL.

Comment donc vous danfés.

LE DOCTEUR.

Par tous les diables j'en ay bien envie, on dit Monfieur que vous voulez efpoufer ma fille.

ARLEQUIN.

Et moy Colombine.

COLOMBINE.

Tu n'a qu'à t'y attendre.

ARLEQUIN.

Tais-toy, tu feras la vivandiere de nôtre Regiment.

PASCARIEL.

Ouy Dieu me damne je l'efpoufe pour le temps que j'ay à refter icy , au furplus je veux que mon valet , l'efpoufe , je luy donneray en faveur de mariage ma protection, qui luy tiendra lieu de propre à luy, & aux fiens ... ny confentez-vous pas.

LE DOCTEUR *tombe.*

Ha ha ? je confent à tout , & ne me tuez pas.

PASCARIEL *le regarde & s'en va.*
LE DOCTEUR.

Ha Ha.

SCENE V.

LE DOCTEUR, ARLEQUIN,
MEZETIN, SPINETTE,
COLOMBINE.

ARLEQUIN.

HE bien Spinette te voila donc Madame
Mezetin , je m'imagine déja te voir à
la teste de l'armée.

SPINETTE.

Que m'importe pourveu que je sois mariée,
& enfin fût-on femme d'un sot, on est toûjours mieux que d'estre fille.

ARLEQUIN.

Elle a raison on a ses coudées franches, &
toy Colombine me prend-tu au mot.

COLOMBINE.

Non assurement.

ARLEQUIN.

Si aprés t'avoir envoyé le tambour de
mon cœur dans la ville de ton indifferance
tu ne te livre entre mes bras, sur le champ je

t'inveſtie,& mettray des batteries ſi à propos
que la breſche,& l'aſſaut ne ſera qu'un.

COLOMBINE.

Tu veux me tuer.

ARLEQUIN.

Que ne vous rendez vous Madame la be-
gueulle,eſt-ce qu'un mary comme moy eſt à
refuſer.

COLOMBINE.

Je voudrois bien étre mariée,mais je ne voudrois pas aller à l'armée.

ARLEQUIN.

He bien l'armée vous viendra voir.

LE DOCTEUR.

Je ne crois pas étre mort, il m'a pourtant
bleſſé,cependant je ne ſens point de mal.

SPINETTE.

Pourquoy avoir peur il eſt honneſte homme.

LE DOCTEUR.

Si il n'avoit pas deja tué ſes 20 hommes où
en eſtois-je, & ce qui me fait enrager c'eſt
qu'il ſe moque de toy.

SPINETTE.

He bien laiſſés-moy eſpouſer Mezetin, &
qu'au moins je puiſſe étre une fois mariée.

ARLEQUIN.

Croyez moy chargez-luy un mary ſur les
eſpaules, quand les filles ſe ſont mis quelque
choſe en teſte tous les diables du Chaſteau
de biceſtre ne leur oſteroient pas.

LE DOCTEUR.

Mais Mezetin je croyois que ce ſeroit ton
Maître qui eſpouſeroit ma fille.

MEZETIN.

Luy, & moy font la méme chofe, vous ig-
norés les manieres des gens de qualité, quand
les Rois fe marient ils envoyent un Ambaf-
fadeur époufer pour eux, & moy je reprefente
mon Maître.

ARLEQUIN.

J'en ris tout mon fou.

LE DOCTEUR.

Mais encor.

ARLEQUIN.

Je dis que la voila bien pourveüe, mais
garde qu'un coup de fouet n'emporte le Ca-
valiér, & que la vache, & le viau ne refte au
Docteur.

LE DOCTEUR.

J'arnigué je ne le croit pas, Mezetin m'en
répond.

MEZETIN.

Pour cela ouy je fuis preft de vous en ré-
pondre devant toute la terre faite moy la
venir.

ARLEQUIN.

Où eft le Notaire pour paffer le contrat de
mariage.

MEZETIN.

Helas où en ferions-nous, fi en pareilles
occafions on ne fe fioit pas fur nôtre parole,
les progrez que nous ferions en amour fe-
toient bien petits, il fuffit que je l'efpoufe.

ARLEQUIN. *chante*

Tout rit tout chante dans ces jours heureux,
Souvent il ensuit d'autres qui sont plus mal-
heureux,
Les Oiseaux ne respirent que le retour du
printemps,
Spinette tu dois souhaiter que l'hiver
dure long-temps.

MEZETIN.

Ne nous embarrassons des choses advenir,
En les attendant il faut nous divertir.

F I N.